KB145506

당신의 기차가 지나갑니다

주선옥 제3시집

시음사
시사랑음악사랑

본문
시낭송
감상하기

QR코드　스마트폰으로 QR 코드를 스캔하면
시낭송을 감상할 수 있습니다

제목 : 섬진강의 봄
시낭송 : 최명자

제목 : 냉이꽃
시낭송 : 김락호

제목 : 고목의 시간
시낭송 : 박영애

제목 : 노을 지는 강가에서
시낭송 : 박영애

제목 : 정월(正月)
시낭송 : 최명자

영상은 YouTube 정책 또는 운영 관리에 따라 삭제될 수도 있습니다.

시인은 자연을 이야기하고 시낭송가는 자연을 품었다
글자는 날개를 달아 언어로 날고 소리는 자연에 눕는다

시인의 말

생애 첫 시집 "아버지의 손목시계"는
원고가 흩어질까 봐 묶다 보니 많이
허술하고 부족함 투성이었고,

두 번째 시집 "너에게로 가는 봄길"도
내고 보니 부끄러웠는데 다시 부끄럼을 무릅쓰고
세 번째 시집 "당신의 기차가 지나갑니다"를 냅니다.

첫 시집은 너무나 일찍 작고하신 친정아버지께 드리는
선물 같은 책이었으며,
두 번째 시집은 60여 년을 살아오면서 만난
많은 인연(사람은 물론 자연과 사물들)에 대한
소중하고, 귀한 마음과 생각을 담았고요.

세 번째 시집은 지금 우리 곁에서
곱고 예쁘게 저물어가는 친정엄마께
드리는 선물 같은 책입니다.

사람 이야기, 생명 있는 자연 이야기, 무 생명체
또는 주변의 풍경을 담아낸
저의 진솔하고 소박한 삶의 이야기입니다.

귀하고 소중한 독자님들 그리고 우연히 접하시는 분들께서
공감하고 고개 끄덕이며 마음에 평안이 깃들고
얼굴에 미소가 지어진다면 저는 참으로 행복해질 것입니다.

부끄럽고 부족함 많은 제 삶의 이야기이지만,
마음 지치고 어려운 분들께 조금이나마 힘이 되고
용기가 되는 글이 되길 간절한 마음으로 올립니다.

고맙습니다*^^*

충남 예산 오가면에서 주선옥 배상

* 목차

* 목차

* 목차

* 목차

꽃다발

이 기쁜 날 당신께 드립니다

어느 인적 드문 산길에
호젓이 피어 하늘만 바라보다
툭 틔운 한 잎의 꽃향기

이웃집 가난한 이가 매일
입가에 가득 미소로 키운
흔하지만 귀한 빨간 꽃 한 송이

바람이 지나가는 길목에서
간절한 눈빛으로 누군가와
고운 눈빛 마주치길 기다린
푸른 달개비꽃도 한 송이

그리고 오랫동안
내 마음속 깊이에 심어 두고
오직 이날이 오기만을 기다린
무지갯빛을 닮은 소망 한줄기

오늘은 눈 맞추기 좋은 날입니다
꽃 한 송이 한 송이마다 피어 올리는
그 어여쁜 에너지를 당신께
한 아름 안기오니 부디 와락 받아주세요.

하루

미명의 고요 속에서
경이롭게 열리고 있다.

오늘은 또 어떤
주인공으로
무대에 서게 될까?

사박사박 피어난
하얀 서리꽃이
천상의 기운을 담고

하늘은 높은 곳에
땅은 낮은 곳으로
바다는 깊은 곳으로

모든 삶의 존재에게
축복을 내리듯이
가로등 불빛이 푸르다.

민들레에게

지나가던 햇볕 한 줌이 스며드는
낡은 담벼락 아래 흙을 딛고
바를 정자처럼 사는 너의
끈질긴 목숨에 경의를 표한다.

세상에서 가장 낮고 구석진 곳
마 씨 할머니의 구부정한 허리를
안간힘 쓰며 떠받치는 지팡이 끝에
몇 번을 찍혀 피도 흘렸지

사랑으로 견디며
슬프지만 아슬아슬 버티고 서서
작은 홀씨로 날아올라
저 산 너머 들녘까지 가리라

누군가 생각 없이 흘깃 스치는
그 무심한 눈길에도 감동하며
눈물 한 방울 꿀꺽 삼키는 너는
언제나 옳다고 생각하며 응원한다.

통도사 홍매화

큰 법당 앞뜰
천년의 나뭇가지에
법향 머금은 꽃 멍울이
구슬처럼 동글동글 맺혔다

새벽하늘을 나는
운판 소리에 귀를 씻고
목어의 뱃속에서 입을 닦아
다소곳이 정갈한 자태로

부처님의 사자 후
심중에 품지 못하고
그저 웃고 지나가는
무지몽매한 뭇 발길들

감로 차 한잔 올리고
한 줄기 향 사루며
간절하게 올리는 백팔 배
꽃이 대신하는 기도를 아는가?

매화꽃 차를 마시며

묵은 계절의 곰팡냄새를 말려
그대의 속삭임에선
그윽한 천상의 꽃향기가 난다

한 올 한 올 세포의 그물망을 흔들어
오롯이 깨어나게 하는
내 안 깊이에 흐르는 평안의 강물

어느 먼 시절의 전설은 바람이 되었고
지금 눈에 보이는 현상은 다시
윤회의 세월을 지나 꽃으로 필터

돌덩이 같던 마음 풀려 샘물이 되고
깊디깊었던 심연의 파랑새 소리에
온 우주가 대자대비로 박장대소를 한다.

봄은 색채 심리 치료사

두꺼운 얼음장 깊숙이에서
파고들고 또 파고들어
까맣게 영글어 영면(永眠)하던 씨앗

눈부신 오렌지빛 햇살로 깨우더니
정성으로 길어 올린 한 모금 이슬로
연초록으로 태어나는 생명 낯빛이 맑다

지친 비둘기 날개깃 사이로 평화는
저 푸른 산 너머 좁은 숲길에
노랗게 깨어나는 부드러운 숨결

주홍빛 꽃 한 송이 피워 올리는 열정
어둠 속에서 한 송이 또 한 송이
꽃으로 피어나는 깊은 쪽빛 사랑아!

잔잔한 파스텔톤 물결로 일렁이며
굳게 잠겼던 심근을 이완시키고
편안하게 내뱉는 긴~ 한숨

빨주노초파남보 레인보우 빛
뇌경색을 녹이고 풀어놓아
새 생명으로 태어나는 영육을 얻는다.

4월은 왈츠 같아요

초저녁 그믐달 아래 연못에선
어느새 깨어난 개구리의 합창이
시끌시끌한 삶의 목청이 높고

산 아래 도로를 달리는 자동차
숨죽이며 하얀 바퀴를 굴러
한낮의 노고를 삭히는 시간

맑은 빗방울은 연초록 잎에
사분의 삼박자 경쾌한 몸짓
통통 튀어 사랑을 노래하네.

오곡동 느티의 4월

마을 어귀 가장 복된 자리에
수십 년 동안 깊이 뿌리를 내리고
흔들림 없이 버티어 서서

이글거리는 태양의 팔월에는
지쳐 쓰러질 듯 지나가던 발길
잠시 멈추어 땀을 식히고

삶의 길에서 만나는 소나기에
죽을 것 같은 시름도 내려놓고
너의 등에 기대어 쉬기도 하고

너의 4월은 벌써 숨이 가쁘게
먼 산등성이 바람도 내리고
저만치 마을 앞 개울 물도 틀고

죽은 듯이 숨죽였던 겨울을 깨워
참새 주둥이 같은 새순 뾰독뾰독
심장 깊이 숨겼던 비수를 꺼낸다.

오월에서는

풀잎과 나뭇잎이 말아 올려
하늘거리는 유혹의 향기가 난다

아카시아가 양팔을 흔들어
숨 막히게 아찔한 향기

연분홍 찔레꽃에서는
엄마의 숨결처럼 부드러운 냄새

오월의 하늘에서는
착한 이의 맑은 바람이 불고

오월의 들녘에서는
삶의 푸른 청보리 냄새가 나고

오월의 창가에서는
아련한 첫사랑의 향기가 날린다.

오월의 숲

초록 무성한 좁다란 길을
약속도 없는 그리움으로
나풀나풀 소녀처럼 걸어본다

투명하게 쏟아지는 햇살
따사롭게 열리는 하늘 창문
스쳐 가는 바람에 졸음이 들고

작은 도랑 건너 돌 무덤가에
수줍게 꽃을 피운 찔레는
다가오지 말라고 가시를 세우고

큰 빨래 함지박을 이고 가던
젊은 엄마의 물동이 똬리처럼
가만가만 걸음 소리를 듣는데

어린 시절 고되게 넘던
보릿고개는 이제 황금빛이건만
어째서 가슴속에는 시린 바람이 불고

어느 나그네
저물어가는 회한의 여로(旅路)에
오월은 담담하게 문을 잠그는 걸까?

봄은 내 친구

예쁜 햇살이 파랑새처럼
하늘을 포롱포롱 날아다니네
반짝거리는 날개 활짝 펴요

따듯한 바람이 마술 지팡이 되어
휘리릭 휘두르니 나뭇가지에
푸른 잎새 돋아 꽃을 피워요

봄비 통통 내려서 생명 틔우니
우리 마을 가득히 무지개다리 놓이네
입가에 가득 웃음 물고 날아올라요

오늘은 분홍색 원피스 입고
엄마 · 아빠 손잡고 공원으로
맛난 도시락 들고 소풍을 가지요

* 동시(童詩)

송악의 봄은

봄비보다 먼저 촉촉이 내려서
겨우내 움츠렸던 어깨를 감싸 주었지

송송한 아지랑이보다 먼저 피어서
마을마다 보솜보솜 흩뿌려 주었지

노란 산수유보다 먼저 피어서
사람들 가슴속 붉은 햇살을 틔워 주었지

구슬 같은 웃음 또르르 굴려서
송악 사람들의 손길에 부지런을 피우고

보석보다 아름다운 한 알의 땀방울
그 소중한 약속을 엮어서

그들의 담장 너머에 하얀 목련꽃보다
고귀한 삶을 향기롭게 수놓아
지금 송악은 이미 흐드러진 봄이다.

섬진강의 봄

매화꽃 향기가 서럽게 익어가고
맨발로 뛰어나와 물가에 찰랑거리는
눈부시게 짓궂은 햇살을 봅니다

한달음에 몰려나와 으스러지는
그 풀잎의 노래는 어느 가슴에
날아드는 앙칼진 노래일까요

밤마다 잠을 이루지 못해
검은 은하수를 자맥질하며
그대에게 맡긴 소식을 기다렸습니다

성가시게 보채는 바람 따라나서서
옛 시인들이 버렸다는
흩어진 꽃잎 닮은 詩 조각을 주웠습니다

발끝에 밟히는 낡은 언어의 유희
뜨겁게 심장을 뛰게 하는 억겁의 윤회
비로소 깊은 잠을 이룹니다

제목 : 섬진강의 봄
시낭송 : 최명자
스마트폰으로 QR 코드를 스캔하면
시낭송을 감상할 수 있습니다

봄이 뭐래나

눈 시리게 파르란 바람 타고
포근포근한 봄이 왔습니다.

봄 속에는 여린 새싹
고운 빛 꽃과 향기
믿던 이 예뻐 뵈는 사랑도 있습니다.

봄 속에는 가난도 여의고
마음 편편한 행복도 들어 있으면
너무나 좋겠습니다.

행복이 무엇인지 모르는
내 슬픈 이웃들에게
선물처럼 봄이 안겨 와서

오늘 밤은 그저 쪼그린 마음
푹 퍼지게 내려놓고
코 골면서 깊은 잠 이루길 소망합니다.

동백꽃 연가

이른 봄날!
붉은 꽃이 피어나는 시간
청명한 하늘 아래 우리 함께 걷던 길
작은 꽃들이 흰 눈처럼 흩어져 눕고

백치처럼 순수한 너의 미소는
맑고 투명한 꽃잎처럼 아름다워
바람에 흔들리며 우리 품에 안겨
사랑의 노래를 부르며 춤을 추고

그리다 지쳐 스러진
고독하고 푸른 밤이 깊어
어느 섬마을의 전설처럼
너에 대한 백사장 모래알 같은

이 아름드리나무숲에서
우리의 사랑은 영원히 피어날 거야
붉은 꽃잎처럼 우리는 하나 되어
숨결을 나누며 계절을 노래해요.

봄이 지는데

꽃 무더기 봄이 푸르게
무너져 내리고 있다.

가슴 뛰는 날이
무한할 줄 알았다.

화사했던 봄도 이리
꽃처럼 하르르 지는데

우리 숨 막히는
생도 어느 순간 뚝 지리라.

냉이꽃

미열로 울렁거리는 가슴속 깊이
남모르게 끌어안은 거친 바람은
먼 이웃에게서 오는 엽서이지요

삶은 항상 저만치 뒷골목으로부터
한 끼 밥상에 오르는 향기와 같아
숟가락 젓가락 부딪는 정다운 소리

검은 흙길을 파헤치고 데운 햇살
붉은 꽃잎에 얹혀오는 푸른 기운에
한들한들 날아갈 듯 어여쁜 몸짓으로

꼭꼭 다져진 의지를 들추어
뜻으로 심어 꽃 피우는 너의 소망은
오롯이 담아 드리고 싶은 마음입니다.

제목 : 냉이꽃
시낭송 : 김락호
스마트폰으로 QR 코드를 스캔하면
시낭송을 감상할 수 있습니다

이팝나무

봄은 무르익어
꽃 무더기
바람에 시들었고

우리네 보릿고개는
아직 더
휘돌아 가야 하는데

괜스레 가슴을
공허하게 메우는
그대 생각

하늘이 내린
하얀 쌀밥
한 그릇으로 채운다.

장미의 고백

핑계 대지 말아요
너무 예뻐서 탐이 나는데
가시 때문에 다가올 수 없다고

노랗다고
푸르다고
주홍색이라고

각기 다른 의미를 부여하며
좋아한다고 사랑한다고
한 아름씩 안기면서도

정작 그 짙은 향기는
스쳐 가는 바람에 맡겨
그대 가슴에 담지 못하지요

쉿! 비밀인데요
당신을 유혹할 때만
붉은 입술로 손톱을 세운답니다.

가위바위보

넌 가위 내라 내가 보 낼게
눌어붙은 고뇌들 남김없이
잘라버리고 편안해지렴

넌 주먹 내라 내가 가위 낼게
가슴을 치게 하는 고통일랑
팡팡 두들겨 부수고 가벼워지렴

넌 보 내라 내가 주먹 낼게
숨통을 조이는 가슴팍 활짝
펼쳐서 한껏 자유로우렴

인생사 희로애락이 한껏
이 손아귀에 있는데 어찌
쥐락펴락 주인 되지 못하랴

잡초를 닮다

밟을수록 강해진다고
감히 누가 말하는가?
그대는 밟혀 보았는가?

누군가의 발끝에 채이고
또 누군가의 뒤꿈치에 짓이겨져
심장의 피가 멎는 통증을
그대는 견뎌 보았는가?

함부로 잡초를 안다고 말하지 말라
고개를 들지도 못하고 밟혀 터지는
그 절박한 아름다움을

다시,
다시는 돌아오지 못하고
부서져 가는 영혼의 형체를

그래도 꽃은 피워야 하고
씨앗을 여물어
미련(美蓮)스러운 내일을 살아야겠기에

죽을 만큼 아파도
눈물을 말리며 웃음 짓고
하늘 향해 가녀린 팔을 뻗는
그 간절한 피멍 든 기도를

잡초를 함부로 밟지 마라
감히 밟을수록 강해진다고
잡초의 근성이라 말하지 말라.

냄새의 미학

풀잎에선 풋풋한 냄새
꽃잎에선 향기로운 냄새
나무에선 달콤한 냄새

들에선 맑은 물 냄새
하늘에선 밝은 바람 냄새
바다에선 깊은 생명 냄새

고향은 그리운 추억의 냄새
타향은 지독한 고독의 냄새
지금은 푸근한 삶의 냄새

꽃은 꽃 냄새
나무는 나무 냄새
사람은 사람 냄새가 나면 좋겠다.

새벽의 넋두리

초저녁에 잠이 들었다가
웬일로 새벽에 깨어서
문득 커피향이 그리워
케냐AA 원두커피를 내린다

짙은 향이 콧속으로 스미더니
잠을 말끔하게 몰아내고
심장을 후둑후둑 뛰게 한다

아직 어둠은 두텁고
이 새벽에 어쩌라고
보이차를 우렸어야 했나
아니 연꽃차를 달여야 했다

삶 가운데서 이렇듯
엉뚱함과 마주할 때가 있다
갈색 짙은 골목 같아도
보랏빛의 아련한 꿈길처럼

멋진 풍경 속 주인공이 되기도 하고

오늘 아침은 그 어느 날 보다
고요하고 평화롭게 열고 나가리라

담쟁이

오르다 오르다 더 오를 수 없으면
차라리 허공에서
바람에 기대어 그네를 탄다

벽을 타고 오르다
나무를 만나면 나무로 갈아타고
철망을 만나면 철망으로 옮기고
더 오를 데가 없으면
좌우 옆으로 방향을 바꾸고

그 길도 끊기면 차라리
땅바닥으로 흘러내려
또 다른 길을 찾아 흐르며

담쟁이는 안다.
끈끈하게 부여잡고 벽이든 허공이든
심지어 땅바닥까지 함께 아픔을 감싸며

하나의 큰 함성으로 뻗어 올리는
의지로 더욱더 힘차게 견뎌내야
아픔도 희망이 된다는 것을

사람이나 담쟁이나 비빌 언덕이 있어야
살아도 사는 것이며
살아내야 사는 것이라는
진리를 깨달을 때 비로소 깊은 바다가 된다.

동백꽃 필 무렵

그대를 닮아
너무나 조용하고
아름다운 숨결

푸른 섬 물결에
부서져 출렁이는
윤슬의 나부낌

그대는
동백꽃처럼
소리 없이 툭

어느 창가의
호롱불 되어 외로이
때로는 깐깐한 등불 되어

방정식이 없는
옛사랑의 시를 그저
가슴에 품고 살며

애잔하게 흐르는
그대의 노래를 차마
들어 줄 용기가 없다.

커피 한 잔

따듯한 너의 심장
두 손으로 꼭 감싸 쥐고
까만 눈망울을 마주한다.

창가에 그려지는
마당가 감나무 잎사귀를
살짝 흔들고 가는 바람

뒤 뜰에서 들려오는
이름 모를 새의 지저귐에
지그시 눈을 감고 귀를 연다.

버겁게 무너져 내리던
삶의 무게를 견뎌
이제는 가벼운 발걸음으로

어디든 기꺼이 누군가의
따듯한 이웃이 되어
무거운 눈물도 닦아주리

짙은 갈색의 향기
언제나 푸근한 나의 벗
살아갈 날 두고두고

코끝으로 스며드는
너의 은근한 체취에
내 심장도 후드득후드득 뛴다.

모닝 커피

뺨을 스치는 바람이 싸늘한 아침
목덜미로 솔깃 들어오는 기온이 차다
어깨를 움츠리며 옷깃을 여밀 때

엘리베이터 문이 열리고
찐~하게 불어오는 커피 향이
와락 감성을 파고들어 설렌다

대문을 나서며 잠시 찡그렸던
고단한 일상에 맑은 기운을
알싸하게 고여 넘치게 하는

누군가의 바지런한 손끝에서
따끈하게 흘러나와 코끝이 찡해지는
향기로운 일터 하루의 시작

그 정성과 소리 없는 소통으로
오늘 당신이 햇살처럼
반짝반짝 빛나시길 응원합니다.

자작나무 같은 사람

가지런한 미소가 소소리 일어나
자기 안에 덕지덕지 붙어있던
선한 에너지 뚝뚝 떼어내어

그리 진하지는 않으나
깊이 숨 쉬게 하는 맑은 정기
그 은근한 힘은 어디서 오는 걸까요?

당신의 안식은 저만치 밀쳐놓고
언제나 한껏 뿜어내어 다독 거리는
그 풋풋한 향기는 다시

새들의 고단한 날개를 쉬게 하고
시들었던 꽃잎을 빛나게 하는
당신은 새벽 숲의 이슬입니다.

사람 사는 일이 때로는
큰 잎새에 가려 빛을 쬐이지 못하는
작은 풀꽃처럼 고개를 숙이고

눌리는 숨골에 눈물도 나지만
당신의 하얀 여백 같은 그늘은
자작나무 숲을 닮았습니다.

존재의 가벼움

태산 같은 포부를 가슴에 안고
얼굴에는 잔잔한 미소를 머금은
뭉게뭉게 피어오르는 큰 구름같이

한마디 말은 천금같이 아끼고
작은 약속도 바위같이 무겁게 알며
어떠한 상황이어도 너그럽게

여린 이를 보면 뜨거운 마음으로
가슴부터 열어 넉넉한 품으로
다칠까 상처 생길까 감싸 보호하며

설사 그 심장에 돌이 날아들어도
자정(自淨)의 원칙으로 철벽처럼
너그러운 아량으로 높아지는 존재
요즘 같은 시절엔 그런 의인이 그립습니다.

맨드라미 좀 보소

까닭 없이 벼슬만 세우고
꺼떡꺼떡 걸어가는 폼세라니
알맹이 없는 빈 껍데기로세

깊디깊은 저 푸름의 하늘을
어찌어찌 건너가려고
저리도 맹꽁이처럼 미련할까

붉다 한들 한 점 핏방울이랴
저 거센 파도를 잠재우려
폭풍 같은 도포 자락 휘감아도

혼자 우쭐거리는 광대여
여린 빛 미소를 짓지 마라
그 동공 속에서 일어나는

거칠고 뜨거운 씨앗 한 톨
깊이 감추지도 못하고
허황한 꿈을 그리는 너는

무슨 배짱 그리도 두둑이
절 둑 거리며 걸어서
어느 영토에 썩어져 꽃이 될까?

표밭 일구는 사람들

하늘이 비둘기 날개 빛으로
낮게 드리워진 아침
오늘 같은 날은
왠지 믹스커피가 땡기지

우중충한 표정은 주변까지 흐리고
햇살처럼 밝은 표정은 꽃처럼 피어
천지가 푸른 하늘일 텐데 말야

저잣거리를 갈팡질팡
웃음을 쟁기로 표밭을 가는 사람들
심중에 품은 뜻은 있는가?

어떻게 그 싹을 틔우고
꽃피우고 열매 맺을 것인지
가슴 벅찬 꿈은 주고 있는가?

모두가 표밭을 일구는
멋진 농부로 보이지만 글쎄
평소에 잘 좀 갈지 그랬어

갑자기 갈아엎는 심전(心田)에
돌덩이 쓰레기 적폐의 뭉치는 어쩌랴
평소 잘 좀 씨 뿌려 놓았으면
곧 알곡을 거둘 수 있지 않을까 말야

해바라기

길게 펼쳐진 들판 위에
떠오르는 태양을 향해
작은 꽃들이 몸을 숙이고

황금빛으로 물들어 가는
그들의 얼굴은 햇살처럼
따뜻하고 밝게 빛나고 있지

하늘을 향해 키를 키우며
저마다의 꿈을 품고 있는
까만 씨앗들이 곱게 피어나

바람에 흔들리며 춤추는
커다란 미소는
행복과 희망을 전해주고

그 아름다움을 바라보며
마음속에 빛을 담아
나는 태양처럼 빛나고 있다.

빨간 플라스틱 의자

몇 해나 되었는지 알 수 없이
후줄그레 낡은 아파트 단지 내
공원의 나무숲은 아직
싱그러운 잎새를 바람에 팔랑거리고 있다

입추도 처서도 지났는데
무엇에 미련이 남았는지
뭉그적거리는 여름의 끝자락에
플라스틱 의자도 지쳤는지

가로등 기둥에 비스듬하게 기대어
오가는 사람들 마음에 왠지
애잔함을 일으키는 저 빨간색의 누추함

민생은 팽개치고 저들의 논리에 묶인
여의도 큰 집 안의 님들은 대체
무얼 위해 저토록 고행의 길을 가는 걸까?

매일 아침 거울은 보고 사는 걸까?
서로의 눈동자를 바라보기는 하는 걸까?
더욱 굳건해지는 정치 카르텔로
점점 마구니가 되어 가고 있다

한여름보다 더 덥고 지치는 날씨에
끈적거리는 습기가 불편해지는데
여름이 쉬어간 빨간 플라스틱 의자에
가을이 푸르게 내려앉았으면 좋겠다.

윤회

씨앗을 심었다.
싹이 트고 꽃이 폈다.

꽃이 졌다.
한 알 씨앗이 남겨졌다.

다시 씨앗은 움튼다.
또 꽃이 피고 영글어 가겠지?

소리 없이 세월이 가고
삶의 고운 흔적을 남길까?

내 아버지가 그리하였듯이
우리 삶도 그렇다.

담쟁이처럼

더 높은 곳을 향해 가녀린 손을 뻗어
무엇이라도 부여잡으려
사력을 다하는 것이 아니라

높고 낮게 또는 평평한 곳을
그냥 지나치며 살려고 늘
주변을 살피는 가여운 아입니다.

때로는 썩어가는 나무토막으로
또 어느 때는 콘크리트 벽으로
목숨을 옮겨가는 참살이입니다.

길이 없으면 길을 내어서
순진무구하고 담박하게 흐르는
담쟁이의 여행길을 닮아 봅니다.

딱히 가야 할 길이 있는 것이 아니기에
가다가 막히거나 끊기면 그냥
옆으로 길을 내어서 지나면 되는 것을

위대한 저 물의 정령이 스며
들판에 의연히 서 있는 나무처럼
그저 흘러 스미기를 소망합니다.

7월의 편지

그대를 닮아
맑고 푸르기를

태고의 인연이
그 자리에 있어

말하지 않아도
절로 읽히는 그대

늘 미소 지으며
행복이 머물기를

첫 아침에
간절한 안부를 띄워요.

비 오는 날의 수채화

나는
비 오는 날이 좋아
촉촉한 치즈케이크 같잖아

전생으로부터
지고지순 한
사랑이 있는 것 같아!

특히
이렇게 톡톡 떨어지는
빗방울이 가슴으로 스며

온통 분홍빛으로
울먹여지는
그 새초롬한 물기

오늘이 그러네!
숨 쉴 때마다 깊이 스며드는
오렌지빛 향기가

이웃집 뒤뜰의 동백처럼
이내 붉어지는 눈시울
너는 지금 어떠니?

47

연꽃 피우러 가는 길

바람 따라 걷다가
달빛에 베인 마음
붉은 꽃 한 점 피울까
밤새 서성거렸다

이슬처럼 맺힌
한 점 티라고 가벼이
툭 털어 낼 수만 있다면
삶이 아프지는 않을 텐데

무심히 걸어가다가
문득 가로 놓이는 벽 앞에서
한 숨결에 무너져 내리는
의지박약의 존재

털도 없고 뿔도 없이
여리고 나약하나
한 우주를 품어 안는
엉뚱한 기상이 있기에

그 진흙밭 깊이에
하얀 발목을 묻었다가
다시 또 한 발짝씩 떼어
푸른 바람을 따라가는

민들레의 뿌리를 닮은
피우고 또 피우는
소망의 기도를 품고
지금 그곳으로 가고 있다.

8월의 편지

여름의 한가운데
영육의 강건함으로
뜨거운 강을 건너야 하리

강물도 펄펄 끓어
저 녹색의 숲을 데치나니
내 마음 간수도 잘해야 하리

열탕 같은 밤길을 지나며
단련되고 여물어서
가을은 더욱 풍요로울 것이라

8월의 강을 잘 건너
저 푸르른 언덕에 오를 때
우리는 더욱 고개를 숙여야 하리

내곡동 언덕의 옥수수밭

어느 때든가 직장을 놓고
반년을 백수로 어슬렁거리며
강릉 곳곳을 기웃거렸었다.

더위에 지쳐 뭉그적거리는
버스를 타고 하릴없이
이웃 동네까지 원정 마실로

낯섦의 그 신선한 일탈을
이방인처럼 즐기며
까닭 없이 부푼 설렘이었다.

비탈을 헉헉거리며 올라
버스는 푸~욱 한숨을 내쉴 때
저만치 옥수수밭이 술렁거렸었지

이름 모를 잡초가
옥수수밭 고랑마다 진을 치고
보랏빛 나팔꽃이 활짝 뚜뚜 따따

눈 부신 햇살에 입 크게 벌리고
이슬 방울방울 받아 목을 축였을
그 커다랗던 옥수수밭은 그대로 있을까?

플룻 연주를 들으며

버드나무 가지 한들한들
바람 그네를 타고
시냇물은 졸졸
시인의 가슴속에 흐른다.

푸른 강 건너고
먼 산을 넘어서
주홍색으로 꽃대 올린
참나리꽃이 활짝 피어나고

사뿐사뿐 고운 맨발로
그대 곁으로 걸어가던
그때 그 소년의
해맑은 미소는 미루나무를 닮았다.

햇살 따사로운 마당 가
오래 묵은 들마루 아래서
긴 수염 고양이 한 마리가
슬금슬금 마루 끝 참새를 쫓으려

늘어지게 기지개하는
아직 걸음마를 배우지 못한 아가의
까만 눈망울은 빨래를 널고
바지랑대를 세우는 엄마를 본다.

하늘과 땅이 고요하고
오직 저 푸른 휘파람 소리만
허공에 강물처럼 흐르니
전신에 돋는 비늘 같은 기쁨이 화사하다.

가을을 탓하며

바람도 불지 않는데
황량한 빈 들판에 선 듯
허허롭고 쓸쓸하다.

혼자 펄럭이는 옷자락
갈무릴 힘도 없이
마냥 우두커니 눈물만

슬프고 아프다
많은 견딤과 웃음 지으려
애썼던 모든 것이

어디로 가야 하나
무엇을 해야 지금 이
상처가 무디어질까.

시월의 엽서

옥수수밭은 이미 오래전에
빈 쭉정이 고갱이까지 거두어들였고
고소한 내가 진동하는 들 깻단은
햇살 뜨거운 밭둑 아래 누웠다.

탱탱하게 부풀어 빨간 풍선 같은
고동 시 감이 달게 영글어
벌떼가 윙윙거리는 들국화 위로
철퍼덕 떨어져 내리고

약을 치지 않은 모과나무 열매는
황금 덩어리처럼 농익었으나
저 홀로 낙화법을 익혀
그 영화로운 향기마저 떼구루루

그 누구에게도 선물이 아닌
그냥 지수화풍으로 돌아가는
만물 귀 일의 법칙으로 승화해가는
시월의 모든 것은 수행의 수레바퀴다.

가을이 지나가며

눈 부신 햇살이 와스스 내리는 날
푸르렀던 꿈의 이야기는 낮고
붉게 물드는 단풍의 숨결은 짙다.

까닭 없이 서성거리는 일상
누군가의 실연은 깊은 샘이 되고
또 누군가의 인연은 좁은 길이 된다.

무심하게 뚝 떨어지는 알밤 한 톨
가슴 졸이며 한 발짝씩 걸어왔던
詩人의 눈에는 빗물이 고이고

지구를 몇 바퀴 돌아온 달빛은
이제 단정히 앉아 존재의 고뇌를
천체의 궤적으로 짙게 새겨간다.

단풍나무 길

저 앞에 뽀얀 길
모퉁이를 돌아가면
너의 푸른 마음을 만날까?

날마다 붉어지는
저 몸치의 떨림을 보며
구축되었던 심장이 다시 뛴다.

한 걸음씩 뒷걸음치는
그대의 낯선 청춘이 흔들리고
선명하게 각인되며

어느 맘 때이던가
머뭇거리며 동동 구르던
그 생애의 한순간이

저렇게 황홀한 절정으로
하얗게 질려 파들거리는
극한 오르가즘의 순간

우리는 무엇을 향해
우리는 또 어디를 향해
이토록 숨 멎게 기다리고 있는가.

권 할머니

요양센터로부터
"그렇게 별나시면 올 사람 없어요
그냥 가만히 좀 계세요"

사람이 그리워
사람이 그리워서
젊은 시절 이야기하며

눈물도 흘린다
한 바가지 웃음도 토하다
서글픈 눈시울로 하늘도 보다

구십 평생 미혼으로
안 해 본 거 없이 손가락이 휘도록
열심히 살아가진 집 한 채

자식 없이 동생들
공부시키고 시집·장가 보냈건만
그 집마저 달라 조른다고

영감은 있었는지 없었는지
기억나지도 않는다며
나 젊을 때 참 예뻤다고

지금은 아무도
들여다봐 주지도 않는다고
노인은 외로움이 병입니다.

47층 스카이라운지에서

얼마 전 지역의 명소가 생겼다고
아장아장 걷는 꼬맹이를 데리고
젊은 후배가 만나자고 연락이 왔다.

스물 몇 살로 보이는 청춘으로부터
3040 한창 어여쁜 꽃님들
5060 맘껏 반짝거리는 나무님들
7080 느긋한 미소로 아름다운 숲님들

모두가 뭉그적거리며 360도로
회전하며 투명한 유리 벽 안에서
재잘재잘 깨득 깨득 즐거운 모습
신기한 듯 조금은 조심스럽게

구름 위에 붕~ 떠오른 기분으로
달콤한 과자를 먹으며
향긋한 커피를 마시며
기쁜 삶의 한순간을 누리는 풍경

평화롭고 멋지고 아름다운
어쩌면 유토피아 순간에 머문 듯
그러나 안경을 닦고 내려다보이는
우리의 발밑 아래는

순환 잘 되는 핏줄 같은 자동차 행렬
애드벌룬 둥둥 띄우고 소리치는 빌딩
멋지게 차려입고 웃음 짓는 신사만이 아닌
재투성이 드레스에 낡은 신발의

자정이 되면 모든 마술이 풀려
초라해진 눈물 자국의 콩쥐 같은
우리의 이웃들이 등을 굽히고
눈물을 닦는 풍경도 펼쳐져 있었다.

하얀 꽃잎이 되어

아파서
너무 아파서
숨을 쉴 수가 없어요

목이 메이고
눈물이 흐르고
가누어지지 않는 마음

어떻게 살아요
정말 어떻게
살아가야 하나요

산이 무너진 것도
땅이 꺼진 것도
불이 난 것도 아닌데

송이송이마다
낱낱이 흩어져 버린
하얀 넋의 꽃잎들

천 갈래 만 갈래 되어
눈부시고 하얀 날개로
훨훨 날아서 영면에 드소서.

* 시작노트 2022년 이태원 참사로 고인이되신 분들의 명복을 빌며…

푸른 목숨 흰나비 되어

호기심 어린 눈빛들이 살아
세상 들판을 기웃거리다
해맑은 미소를 날개로 바꾸어갔네.

아직 다 이루지 못한 소망
붉은 눈시울의 비를 내리고는
미련스러워 어찌 날갯짓할까?

작은 고치 속 세계를 찢고
커다란 하늘문 열어
고운 무지갯빛 따라가서는

부디부디 그곳에서
피지도 지지도 말고
밝은 기운 머금은 하늘이 되소서.

* 시작노트 2022년 이태원 참사로 고인이되신 분들의 명복을 빌며…

무기력 스케치

솜을 지고 개울에 빠진 당나귀처럼
심신을 가눌 수 없이
깊은 수렁 속으로 끌려들고 있었다

의식은 명료하게 깨어 있어서
소리치고 싶었고 무언가를 잡고
흔들어 나의 존재를 표하고 싶었지만

깊은 나락으로 점점 빠져들며
알 수 없는 위력으로
눈앞에는 뿔 달린 도깨비가

흰 이빨을 드러내고 불을 뿜는
눈으로 으르렁거리는 모습에
숨조차 쉴 수가 없었다

짧은 시간의 혼미함이었으나
살아 있어도 삶이 아닌
살아서 가본 지옥이 아니었을까?

삶은 수행이다

수많은 길 중에 가야 할 길을
올곧게 걸어갈 수 있다면
맑고 그윽한 꽃길이 되리니

온전한 자기 자신의 삶에
당당한 자세로 흔들림 없이
심중에 품은 비수 하나

걸쭉한 사바세계에 발목을 묻고
업식의 깊은 열탕을 건너서
겨우 한 모금 길어 올리는 정수

안이비설신의 유혹도 떼어내고
백 년의 나그넷길에 이슬 같은
연꽃의 향기는 영원하리라.

연꽃의 고행

진흙 펄 깊이에 발목을 묻고
먼 명산의 큰 절 처마 끝에 매달려
만 생명의 108번뇌 삭히는 풍경소리

간간이 뜨겁게 지나가는 바람에
큰 호흡하며 묵언에 드노니
작은 상처 싸안고 찾아드는 중생들

나와 그대 우리 모두의 업장은
나날이 두터워지고
눈 질끈 감고 휘파람만 부는데

무슨 업장으로 깊디깊은 진흙 속에
향기마저 묻어 놓고
오가는 발길에 눈물만 흘리는가?

그대의 눈물이 고뇌이고
뿌리가 고행을 걷는다면 급기야는
만 생명의 스승이 되어오소서.

길에 대한 명상

구름 위로 푸르게 놓인 하늘길
푸른 물결 사이로 하얀 바닷길
산을 뚫고 강을 건너는 땅의 길

우리의 인생길이 그러하듯
어떤 상황에 놓이더라도
갈 수 있는 길은 많습니다.

그러나 때에 따라서는
그 어떤 방법으로든 앞으로
더 나아갈 수 없을 수도 있습니다.

울어야 할 때가 있을 것이며
웃을 수도 있을 때가 있고
그냥 멈추어야 할 때가 있습니다.

가야 하는 길이 있고
갈 수 있는 길이 있고
가야만 하는 길이 있지만
마음의 길을 잘 가야 하지 않을까요.

참 어른 되어가기

세월의 걸음이 더할수록
가슴은 잔잔하게
누군가를 향해 열어 두어야지

보이고 들리고 향기롭고
맛나고 좋은 느낌 깊은 시름
왜 없을까만 그래도

나이가 들어간다는 것은
안이비설신의에 끌려다니지 말고
조곤조곤 자신을 달래며

조금씩 나(我)를 놓아주어
자유로우나 방종하지 않는
기품 있는 삶의 존재로

우리의 철없는 새싹들이
비비고 기댈 언덕이 되어주고
그들이 펼칠 세상의 배경이 되어야지

친구여!
그렇지 아니한가 말일세
그저 눈 지긋이 미소만 짓자고.

마음밭에 심은 것은

향기 한 줌 배인 유혹
삶이 주리고 여린 날에
그 중력은 가히 알 수 없고

허공에 뭉쳐지는 분노
상(象)도 없는 굴레는 가히
무덤 속 같이 깊어지며

한껏 끌어안는 무지개
눈뜨면 사라지나
이미 곰팡이 핀 꽃이다

그래도 차마 버리지 못한
먼지 알갱이만 한 씨앗 한 톨
보리(菩提)가 자라고 있구나!

지금, 이 순간

당신은
무엇을 하고 계시는가요?

혹시 어디가 아파서
걸음을 멈추고 가만히 서서
눈가에 주름이 지도록
마음을 찡그리고 있진 않나요

아니면 무슨 좋은 일이 있어서
걸으면서도 입가에 가득히
웃음이 절로 피도록
가슴을 포근포근 데우고 있나요?

그것도 아니라면 무슨
가슴 아픈 일이 생겨 말도 못 하고
가슴이 먹먹하도록
눈물만 주르륵 흘리고 있지는 않나요

제가 기도해 드릴게요
아무 일도 없이 그냥
눕거나 앉아서 편안한 상태로
아니 걷고 있어도 좋겠어요

이마는 살짝 찡그려도 좋겠고
하얀 치아가 살짝 보이도록
멋진 미소를 머금고 그 앞에
좋아하는 사람과 마주하며

마음속에는 파랑 바람이 살살
노란색 보라색 꽃도 피었고
빨간 풍선 하나가 팡 터질 듯
부풀어 오르는 좋은 기분으로

오른손을 떡 갈 나뭇잎처럼 펴서
왼쪽 가슴에 올리고 눈을 감고
후·둑·후·둑 뛰는 심장의
큰 울림이 얼마나 경이로운지

꼭 느껴 보시라고 기도합니다.

가을에 부치는 엽서

뜨거운 여름을 건너오느라 애쓴 당신께
시원한 저녁 바람 한 줄기 담아 엽서를 씁니다

엊그제까지만 해도 문밖에
뜨거운 기운을 토하는 불 개 한 마리가
떡 버티고 서서 문만 열면 죽자고 덤비더니

오늘 아침 그 개는 꼬리를 내리고
저만치 멀어져 가며 혼자 혀를 축 내밀고
곁눈질로 흘깃거리는 모습 참 우스워요

사람 사는 것도 그와 다르지 않은 듯하여요
어느 때는 무언가에 열정을 다 쏟아붓다가
또 어느 때는 모든 시름을 내려놓아

초연한 눈빛으로 머~언 곳에 마음을 두고서
느리게 가는 기차에 몸을 실은 여행자처럼
그저 맑은 물 한 잔에 목을 축이는

그 뜨거웠던 불개가 어쩌면 우리!
아니 바로 나 자신이 아닐까?
이제 그 그리움은 어디에 묻어 두어야 할까요?

살며 사랑하며

우리 대부분의 바람은
물질적인 풍요가
행복인 줄 알지만
들여다보면 옳지 않습니다

삶은 때로 고뇌스럽지만
사랑으로 치유되고
좋은 만남은 삶의 길에
보석 같은 선물입니다

삶은 사랑입니다.
존재하는 모든 것을 사랑할 때
삶은 풍요롭고 행복할 것입니다.

힐링의 편지

때로는 양손에 신발을 벗어들고
저 붉은 흙 위를 걷고 싶지 않나요

맨발에 느껴지는 감촉
발가락 사이로 올라오는 흙냄새

어쩌다 발바닥을 찌르는
뾰족한 돌멩이도 정겹지 않을까요

바닷가를 천천히 걸어 본 적 있나요
발등까지 다가왔다가 밀려가는 물결

짭조롬한 물결에 마음까지 깨끗해지는
그 놀랍고 신나는 맨발의 일탈

스쳐가는 바람에 날려오는 커피 냄새
그 숨 막히는 향기 지나칠 수 없지요

그래요 바로 그거 들뜨고 설레이는
그 순간의 기분대로 맡겨보는 겁니다

바로 이거였어!
한바탕 웃고 나서 가슴도 쫙 펴는 겁니다

그냥 털털하게 그렇게 하면 되는 겁니다
뭐 별거 있나요 하고픈 대로 하는 거지요

그게 바로 나입니다
아니 그대로 당신입니다.

벚나무를 기록하니

나무의 두꺼운 껍질 속에서
팝·팝·팝팝팝
별처럼 벚꽃이 튕겨 나온다.

한 알씩 튕겨 나오더니
어느 사이 투두둑 터져 나와
감당할 수 없이 쏟아진다.

웃음처럼 벙글어지던
나무의 마음이 아이 얼굴처럼
순수하게 사람들에게로 다가온다.

아프고 상처 된 마음에
빨간 머큐로크롬액 되어
호호 발라주니 금세 행복해진다.

꽃이 별처럼 지고 다시
꽃처럼 푸른 잎새가 피어
길가에 늠름하게 지키고 섰다가

가을이면 빨갛게 노랗게 보석처럼
물드는 나뭇잎은 떨어져도
변하지 않는 고운 색으로 진다.

사람이 그렇게 지고지순하도록
한 그루 벚나무의 사계절을 배우면
세상은 법 없이도 물처럼 흐를 것이다.

손자와 할머니

한번 안아보고 싶은데
녀석은 자꾸 달아난다.

뽀뽀하고 싶은데
얼굴을 손으로 밀치며
또 달아난다.

눈깔사탕을 주랴
곶감을 주랴
에궁 이 똥강아지
뭘 그리 비싸게 구는겨?

눈길

온통 하얗게 펼쳐진
알 수 없는 무심(無心)의 땅

누구나 첫걸음으로
걸어가면 길이 되는 거지

그러나 함부로 가지 마라.
그 길이 누군가에게는

목숨을 걸어야 하는
길이 될 수도 있으니

바르게 내는 길
낭떠러지로 가는 길

혹 내가 첫걸음 아닌지
수시로 돌아볼 일이다.

설날의 마음

물보다 낮고 은근하게
바다보다도 깊게
더 넓게 흘려보내야 합니다

채송화보다 가련하게
백합보다 순결하나
수선화처럼 고결하게

사람보다 위에
사람보다 아래
저 비둘기의 생명도 무겁습니다

누가 누구를 가벼이 보고
누군 누구를 우러러보고
귀한 이가 따로 있는 것이 아니지요

삼백예순날의 첫날
그 하룻날의 첫 마음이
정화수처럼 맑게 고였다가

마음 고단한 이 만나거든
가는 길이 멀어 외로운 이 있거든
향기로운 우담바라 함께 피워요.

들국화가 핀 정원에서

어느 시절부터 그렇게
너만의 향기를 품고
소리도 없이 동그마니
숨죽이고 피어 있었을까?

뭇 객들의 지나는 발길에
무심히 밟히기도 했겠고
간혹 작은 잎새 하나
뚝 뜯기는 아픔도 있었으리.

누가 가려 주지도 않는 비를 맞고
뿌리째 뽑힐 듯 흔드는 바람
그 모진 생애의 쓰라림에

더욱 고집스러워진 너의 향기는
누군가의 얼굴에 웃음을 피우고
또 누군가의 가슴에는 설렘으로

진심을 담은 정성과
성실을 수놓은 그리움으로
외면할 수 없는 사랑으로 안긴다.

초겨울의 詩

얼어붙은 공기가 살며시 서린
맑은 창가에 앉아 흰 눈이 소복소복
내리는 풍경을 그려봅니다.

나뭇가지에 작은 얼음 결정이
불빛에 반사되는 아름다움으로 돋고
한 걸음 내딛는 발밑에는 굳은 땅

겨울의 서정이 실려있는 초겨울
따뜻한 차 한 잔에 손을 감싸며
창문 너머로 바라보는 풍경

깨끗한 공기가 마음을 채우고
얼음이 녹아 흐르는 소리가 들리듯
새봄의 기운도 내 안에서 피어납니다.

추위에 떨리는 그 아름다움을
영원히 간직하고자 품어 안고서
깊은 겨울 속으로 빠져드는 걸음으로 걸어갑니다.

겨울 암자(庵子)에는

아직 어둠 짙은 새벽
소리 없이 수하는 가사 자락
깊은 심지로 자등명 밝혀
큰 법당 삼아 정좌하는데

삭정이를 부러뜨린 바람이
댓돌 위 하얀 고무신을 닦아
지은 업장 소멸하려는지
오체투지로 새벽 예불을 한다.

우주의 중심이 되어도
세상을 주장해서는 아니 되는
낮추고 더 낮추어 흐르는
태극 천의 진수무향(眞水無香)

노승의 만행(卍行)은 잠시 쉬어
성성한 서릿발 같은 화두 챙김
녹이고 또 녹인 업장 소멸은
후원 굴뚝 속에서 똬리를 튼다.

옛사랑에 대하여

깊은 심연에
뜬 푸른 달
시간에 곰삭아
하얗게 바래더니

어느 중천의 하늘이
새삼 푸르러
붉게 돋아 오르는
그 마음자리에

무슨 연유로
눈빛이 흐려지며
다시금 설레어
장미 한 송이 피우는가.

수선화

아니 아니 그게 아니야
언제나 저만치서 손짓도 없이
눈물 맺힌 시선으로 바라보는

너의 맑은 영혼을 느끼며
가슴은 먹지고 통증을 어떻게
어디에 풀어 놓아야 할지 몰라

혼자 하는 사랑이 얼마나
핏빛 비린내로 울컥 치올라
숨을 멎게 하는지

다가오지도 못하고
그저 샘가에서 하얀 미소만
바보 같은 너를 어쩌면 좋으니?

마음을 씻고 또 씻으며
해맑다 못해 초록별처럼
새벽하늘에 빛나는 너를 만난다.

애인

지금은 당신 마음이
까슬까슬한 밤송이 같아
차마 어루만질 수가 없습니다
콕 찔려서 피를 보고 싶지 않거든요.

따듯하게 온기 서린 찻잔처럼
은근하게 손끝에서 느껴지는
오렌지빛으로 빚어진
도자기 찻잔 같은 그 마음을 그려요.

굳이 은혜 한다 말하지 않아도
깊은 우물 속에 잠겨있다가
맑은 두레박으로 떠 올려지는
예쁜 당신의 눈망울을 갖고 싶어요.

온 세상에 무지개다리를 놓아주어
기쁨을 만나 웃을 수 있게 하고
슬픔도 만나 나누어 가질 수 있는
향기로운 당신의 코스모스를 만나고 싶어요.

당신은 나의 알러지(allergy)

무수한 달빛 그늘이 지나갔어도
면역되지 않은 당신은
언제나 재채기를 일으킵니다.

당신을 그려보면
호젓하니 낡은 창가에서
손때 찌든 책장을 넘기거나

빛이 바래 후줄근한 도복에
고수의 날 선 진검을 들고
눈빛만큼은 면벽한 달마이겠고

기운은 스치는 봄바람처럼
훈훈하니 만물을 끌어안고서
무심하게 내딛는 걸음걸음

바위에 닳아 부서진
잠자리 날개가 얼마나 쌓여야
나에게는 당신이 면역될까요?

나무 같은 사람

비가 내리는 날이면
부드러운 눈빛 아스라이 먼 곳에
아직도 못 닿은 그리움이 있던가?

파랑새 닮은 날갯짓으로
언제나 닿을 수 없을 듯이
높직한 가지 끝에서

세작의 여리고 은은한 차향 같은
초연한 얼굴로 미소를 머금던
황금빛 노을의 고고한 자태여

어느 뒷동산의 메아리 되어
언젠가 이 세상에 없을
당신을 사랑합니다.

세 번째 스무 살 즈음

푸른 햇살로 물들이던 나날이
흐린 하늘 같은 시간의 흐름 속에
예견된 퇴직의 문이 눈앞에 있습니다.

해방감이 가슴에 퍼지고
길었던 업무에 작별을 고하며
자신을 위한 시간이 찾아옵니다.

바쁜 일상에서 벗어나
기대와 희망이 어울리며
자유롭게 새로운 길을 걸어볼까요?

안일하게 웃음 또는 고민에 잠겨
선물 같은 자유로움과 함께
새로운 모험을 준비하고 있습니다.

세 번째 스무 살의 문을 열어보려
떨리고 설레이며 앞으로
펼쳐질 세상을 향해 힘껏 나아가 보겠습니다.

생일

온 우주의 기운을 품고
두 주먹 불끈 쥐고
벼락 치듯 울어 젖히며

알몸으로 천지간에 뚝
떨어지듯 세상에 와서
겁이 나서 눈도 못 뜨고

며칠이 지나
조심스럽게 눈을 뜨니
낯선 얼굴 얼굴들

어떻게 살아야 할까?
다시 눈을 꼭 감고
얼굴 붉히며 찡그리니

모두가 하하하
네 뜻대로 펼치고 이뤄
멋진 삶의 주인공 되거라

이해 못 할 축복을 내렸는데
어디쯤 도착해서
지금 맨몸은 아니고

그대여
무엇을 꿈꾸었고
무엇을 얼마나 펼쳤던가요?

팔십 네 살 소녀와의 대화

좋아하는 꽃이 있냐고 물으니
개울물처럼 맑은 눈망울을 반짝거린다

많은 꽃 중에 왜 장미냐고 물으니
너를 키울 때 그렇게 예뻤다고 한다

좋아하는 색깔이 있냐고 물으니
입가에 가득 웃음에 볼이 발그레 물든다

노랑도 있고 분홍도 있다고 하니
언젠가 죽겠지만 더 붉게 살고 싶다고 한다

보고 싶은 사람이 있냐고 물으니
영감 만나면 왜 그리 빨리 갔냐고 물어본단다

지금 그 마음을 어떻게 할 거냐고 물으니
그냥저냥 내 할 일 다 했노라 웃을 거란다

일천구백삼십구 년 생 팔십 네 살의
빨간 장미를 제일 좋아하는 당신은
찔레꽃처럼 수줍고 향기로운 소녀요

아!
너무나 사랑스러운 나의 어머니
당신의 여생이 그저 편안하시기만을
간절히 소원하고 또 간절히 소망합니다.

바다가 보이는 언덕

푸른 하늘 끝에 닿을 듯한
끝없는 푸르름 위로
해가 서서히 떠오르는 곳

그 위로 퍼지는 노을빛
빛바랜 구름 속에 녹아든
아름다운 색채의 향연

바람 소리에 깨어난
소금 향이 짙어지고
발바닥에 스치는 모래 소리

그대의 품에 안겨
시간을 잊고 누리는 행복
수평의 아름다움이여

흐르는 시간은 느긋하고
더없이 즐거운 순간으로
우리의 평온한 삶이 깊어간다.

부부

핑크빛으로 발그레 상기된 양 볼
그대의 손길이 스칠 때면
파르르 떨리던 여린 잎새였지

하얀 드레스 나풀거리며
푸른 초원을 딛고 날아올라
무지개 나라로 가는 날개가 돋곤 했지

어느 사이 붉어진 꽃잎에
가슴 다독이며 그 창가를 지나는 바람
묵은 숨결로 격하게 안기는 향기

눈을 감아도 보이는 당신의 주름살은
수십 년 전 내 아버지를 닮았고
이제 익어진 마음은 당신께 맡깁니다.

아~ 나의 님이여…

햇살 맑은 날이면 눈부신 웃음
비가 내리는 날이면 고요한 미소
오래된 장독대 옆 맨드라미 같은
은은한 자태의 당신을 봅니다.

매일 다르게 오시는 당신
어제는 서너 살 아이가 되어
모래밭이 되어버린 제 가슴에 뛰어놀더니
오늘은 영락없이 나의 어머니십니다.

아프다 말하지 않아도
저릿거리는 뼛속의 전율로
사랑한다 말하지 않아도
두 눈에 흘러넘치는 향기로움입니다.

지중한 인연 되어 한 땀 한 땀 수놓아
백지 같은 심중에 스며든 당신은
이 생에서 나의 밭이 되었고
나는 미생 전부터 당신의 꽃이 되었습니다.

다음 생에는 발원하오니 당신이
나의 꽃이 되고 나는 당신의 거른 밭이 되어
시들지도 죽지도 않게 당신을 품은
넓고 깊은 은하수가 되어드리겠습니다.

살구가 익을 즈음

기억의 저편 메아리처럼
되돌아와 날리던 꽃잎
첫사랑 같은 쌉싸름한 향기

무명 저고리 우리 엄마
유년의 뒤뜰에서 떼구루루
어여쁜 몸짓에 미소 지으며

구부러진 손가락 마디로
한 개 또 한 개 집어 올리며
이게 복숭아야 뭐야?

백치같이 순진한 얼굴
호기심 가득 어린 눈망울로
아가처럼 물어 옵니다.

노모의 틀니

여든다섯 울 엄니의 입속에
스무 해도 넘게
작은 악어 한 마리가 삽니다

덜 겅 덜 겅 잇몸도 주저앉아
제대로 자리를 잡지 못해도
엄니의 입속에서 휘파람 불며

때로는 주저앉은 잇몸마저
갉아먹으려 짓눌러
아프게 상처를 내지만

밤이면 입속을 기어나와
폴리덴트 전신욕을 하고 아침이면
다시 엄니 입속에 들어가

무엇이든 꽉꽉 잘게 부수어
잇몸도 없는 엄니를 봉양하며
울엄니는 악어새 되어 함께 삽니다.

기차가 지나간다

여든다섯 해를 살고 계신 울엄니는
기차만 보면 좋아라 손뼉을 친다.

"저기 봐 저기 봐 기차가 간다."
저만치 꼬리를 감추고 없는데도
눈을 떼지 못하고 한참을 바라본다.

네다섯 살 아이처럼 초롱초롱
맑디맑은 샘물 같은 눈빛으로
포근한 요람 속 아기 같다.

1939년 금수저로 태어나
1945년 해방을 맞고
열여섯 살부터 소녀 가장되었고

스물네 살에 결혼 여섯 남매를 두었고
손마디 마디가 나뭇등걸처럼
굵어지고 거칠어진 세월을 살았고

일흔일곱에 흐릿해지는 정신으로
자식 손에 이끌려 낯선 타향으로 와
금방 듣고 보아도 자꾸 놓아지는

이제는 당신의 마음속에만 담겨
물어도 대답할 줄 모르는
그 많은 삶의 희로애락이 칸칸이

기차에 실려 창문도 꼭꼭 닫은 채
어디서 와서 어디로 가는지
그렇게 당신의 기차는 지나갑니다.

당신은 소금꽃이더라

모질게도 쓰고 짠 줄만 알았다.

모든 살아서 펄떡거리는 생명에
온정 없이 퍼부어 지쳐 쓰러진 생채기에
더 쓰리고 아프게 염장하는 줄만 알았다.

그러나 오늘 만난 당신은

백 세 노인의 미음에 생명 꽃
우리 엄마 미역국에 찐 맛 꽃
내 마음에 경이로운 꽃을 피우고

참으로 귀하게 스미어
사바세계 어둠 진 곳곳에
눈부신 천사의 날갯짓으로

그 어느 보석보다 영롱한
빛을 발하며 신비로운
연꽃처럼 피워지고 있음을 보았다.

당신은
꿀보다 달고 향기로운
무색무취의 소금꽃이더이다.

고목의 시간

코끝에 맵싸한 겨울 끝자락
날마다 가늘어지는 당신의 숨결
뚝뚝 잔가지 떼어내듯
새끼들 저마다 둥지를 틀었건만

정작 잠재우지 못한 건 속을 헤집는
서글펐던 시집살이 붉은 한 점
문득문득 치오르는 통증처럼
알아들을 수 없는 신음을 토하지만

수많은 희로애락의 계절을 넘어
다시 또 봄을 맞이하며
이제는 당신 가슴속에 따사롭고
눈부신 봄 햇살만 살랑거려

우리 한가운데 우뚝 선 나무로
언제든 달려가 풀썩 심정 풀어놓고
울며 웃으며 그 품에 허물어질
당신은 우리의 찬란한 봄입니다.

제목 : 고목의 시간
시낭송 : 박영애
스마트폰으로 QR 코드를 스캔하면
시낭송을 감상할 수 있습니다

노을 지는 강가에서

가랑잎처럼 바스락거리며
조금씩 스러져가는
당신의 뒷모습을 봅니다

그렇게 고왔던 자태가 한 겹씩
흐트러져 할미꽃 같은
애잔한 미소에 눈물이 납니다

어제는 푸른 동산이더니
오늘은 마냥 하얀 풀잎으로
내일은 무명의 그림자도 없이

무심히 바라보는 눈빛은
시간의 발자국을 따라
자꾸만 멀어져 가는 당신

어느 영토에 피었던
한 송이 붉은 장미가 되어
나의 가슴속에 피어 있으렵니까

제목 : 노을 지는 강가에서
시낭송 : 박영애
스마트폰으로 QR 코드를 스캔하면
시낭송을 감상할 수 있습니다

102

그럼에도 불구하고

포근한 햇살 충만하여 뜰에 내리고
훈훈한 바람이 창가로 내려앉아
고운 꽃잎 틔워 갈 것이며

아가도 때가 되면 엄마의 자궁에서
큰 울음 울며 세상으로 나오고
진리는 법칙대로 돌아갑니다.

옷 만드는 사람은 옷을 만들고
빵을 굽는 사람은 빵을 굽고
나라를 이끄는 사람들은?

그럼에도 불구하고 우리는
우리의 몫을 다해 아이를 키우고
이웃과 정답게 지내야 할 것이며

인내와 기다림은 미련퉁이가 아니라
소용돌이로부터 맑게 가라앉는 흙탕물과 같은
시간의 여여한 지혜가 될 것입니다.

사랑학 개론

일생에 누군가 한 사람을
지극히 사랑한다는 것은
깨어진 유리구슬을 가슴에 품고
이상한 나라의 앨리스처럼
고독한 길을 가는 것일지도 모른다

어느 한때는 찰랑찰랑 빛을 내며
꽃잎 같은 입술로 향기로운 마법의 언어를
그대의 가슴에 쏟아부으며
눈이 없어도 손발이 없어도
천사처럼 날개를 가지고 살았을지 모른다

세상은 온통 은색 비늘로 너울거리며
나무도 꽃도 거리도 사람들마저
영원히 존재할 듯이 꿈을 꾸며
밤과 낮이 환상의 섬처럼 떠다니며
오롯이 그대의 바다요 우주였겠지

어느 한순간 꿈에서 깨어나듯이
노래를 불러주던 새도 사라지고
그대를 감싸던 가브리엘의 비단 깃도 낡아
헐벗겨진 영혼은 통증을 느끼기 시작하고
깜깜한 세상은 머물 곳이 없구나

그래도 널브러진 심신을 기우며
핏빛으로 피우는 풀꽃 향기에 기대어
절뚝거려서라도 저 숲속의 땅
그 신비의 세계는 우리의 영토가 되어
그 작은 틈새로 핀 꽃으로 열매가 되리라.

마음 그 깊이에

좁고도 얇은 화선지 같은
깊고도 넓은 광목천 같은
알 수 없는 비밀이 삽니다

어둡고 습한 이끼 같은
밝고도 맑은 수정 같은
알 수 없는 기도가 삽니다

무지개처럼 고우나 가벼운
묵화처럼 무거우나 향내 깊은
알 수 없는 사랑이 삽니다

그 알 수 없는 깊이의
나는 너의 소리를
너는 나의 소리를 들어야 합니다

마음은 기울이면서
눈빛은 먼 산을 보는
그런 이기심은 놓아 주어야 합니다.

개똥철학

선한 의지로 이웃에 향기 나는
쓰지만 약성 깊은 쑥처럼
영향력의 숙주가 되겠습니다.

물고기처럼 눈을 뜨고
별이 총총 뜬 샘을 길어
당신의 상처를 치유하겠습니다.

희망을 풀어 그대의 마음에
촉촉한 이슬로 스며
따사로운 온기로 서리겠습니다.

눈물로부터 피어나는 꽃
가슴을 치며 토하는 열매
그 뿌리에 고인 단맛을 알겠는지요.

살아가는 날이 얼마나 될지
감히 저 빛으로 셈할 수 없지만
언제나 우리의 등은 따뜻하다는 것을

땅속에 깊이 의지를 심은
저 느티나무의 뚝심 같은
두려움 없는 한 철을 살 터입니다.

채송화

어느 작은 마을 어진 이의 집 앞
굽은 길모퉁이서 부르는
나직한 너의 노래는 눈물이 난다.

빗방울 통통 튀듯 경쾌한 목청
하늘 아래 구김 없이 해맑은 표정
바람 불면 더욱 낮은 휘파람 소리

가다가다 풀썩 주저앉아
이름도 없이 한세월 보내다가
또다시 끈질기게 일어서고

그렇듯이 까맣게 익은 너의 동공은
다시 어느 소박한 화단을 그리며
모진 땅에 뿌리내릴 소망으로 설레는가

깊이 잠들지도 못하는 요람을 찾아
마을과 마을을 헤매는 옹골찬 너
어쩌면 우리 사람의 삶을 닮았구나.

삶을 기록하며

마음을 뿌리째 흔들었고
깊이 내렸던 잔뿌리까지
몽땅 뽑힌 채 내동댕이쳐지는
그 처절했던 패배감을 어찌 견뎠을까?

눈물이 호수가 되었고
뼈아픈 삶의 영상은 돌아보면
한순간에 그치지 않았고
무던히도 다져져 가는 것

묵묵히 걸어온 길을 돌아보아
후회함이 없다면 최선을 다해
인생을 잘 설계해야 하고
삶도 서투르나 경영이 필요하다.

슬픈 일기

어르신 댁을 방문하다 보면
팔구십 평생을 홀로
어디 기댈 데 없이 살아오신
정말 맘 아린 분들을 만나곤 합니다.

요즘 며칠간은 계속
그런 어머님들만 뵙게 되었는데
그분들은 팔다리 허리가 아픈 것이 아니라
아무도 믿지 못하고 혼자 애끓는
고독과 외로움이 병입니다.

그동안 수많은 어려움 가운데
사기를 당하고
업신여김을 당해
가슴이 온통 헤어져 빈 동굴같이
쓸쓸한 바람 소리가 들립니다.

낯선 사람에 대한 심한 경계심으로
무언가 도움을 드리려고 찾아간
사람조차 작은 새처럼
파들파들 떨며 불안한 눈빛으로

말씀조차 제대로 못 하시고
저만치 거리에서 숨조차 제대로
쉬지 못하는 안타까운 모습을
그저 바라만 볼 수밖에 없습니다.

금방이라도 툭 떨어질 것 같은
작은 꽃송이 같은 아니
당장이라도 푹 쓰러질 듯할
삭은 나뭇등걸 같은 분들입니다.

어쩌면 좋을까요?
어떻게 저 푸르게 멍든 가슴을
감싸 안아 당신께 평안을 드리고
여생 따뜻함은 느끼게 해드릴까요?

이 밤은 잠을 이룰 수가 없습니다.

일기

새벽 3시에 잠이 깨어 다시 잠들지 못했다.

산다는 것은 무엇인가?
어떻게 살아야 잘 사는 것인가?
사춘기 소녀적에 하던 고민을 아직도 한다.

내가 하는 생각!
내가 하는 활동!
그 모든 중심에는 항상 사람이 있다.

평소 남의 말을 들어주기보다는
내주장을 더 많이 하며 살지는 않았나?

"일은 피할 수 없다면 즐겨야 삶이 행복하다.
나의 가치를 높이는 것은 어떻게 사는가에
달렸다고 본다.
진정한 자존심은 상대적으로 우월한 것이 아니라
나 자신에게 부끄럼 없이 당당한 것이다"
라는 생각으로 살아왔다.

오늘은
다른 사람의 이야기를 더 많이 들어주고,
그의 얼굴에 더 미소 띠기를…
그 모든 것은 결국 나를 위한 길이다.

오늘도
"얼굴에는 미소 마음에는 평화를…"

열린 마음으로 이웃과 미소를 나누는
하루의 주인공이 되자.

꿈이란 건 말예요

하늘의 별이 아니라
우리 삶의 한가운데서
내 발등을 씻어내리며
찰랑찰랑 흐르고 있는 것입니다.

아직 반짝거리지는 못하지만
힘들어도 지치지 않게 하고
가슴속에 심어놓은 씨앗은
조금씩 움을 틔우고 꽃피울 준비를 합니다.

푸른 하늘 한 번 못 보고
하루 동안 흘린 땀방울은
당신의 앙~다문
입술에서 밝은 미소로 피어날 것입니다.

기대하지는 않더라도
누군가가 응원의 북을 돋워 준다면
곧 두리둥실 춤을 추는
우주만큼 커다란 고래가 될 것입니다.

어느 순간 춤을 멈추고
자신의 깊은 눈동자를 들여다보면
그 속에는 기쁨의 눈물이 방울방울
당신의 깊은 내면에 스며있을 것입니다.

인생 만다라

늙음도
성장의 과정이며
늙어서 죽음은
인생의 완성이라

마음의 강물은
유유히 흐르도록
살피고 또 살필 때
내 안의 우주가 되고

비로소 시작의 끝은
우주의 끝자락을 물어
한 치 오차도 없이 차올라
뫼비우스의 띠로 완성되리라.

빈집 앞에서

한때는 아늑하니
어느 가족의 든든했던
담장도 무너졌고

아침마다 하늘바람과
꽃향기를 만나며
꿈을 키웠을 깨진 창문

이른 새벽마다 일터로 나갔던
어느 가장이 등을 뉘었을
방구들 장은 들춰져 중심이 없다

식구들의 따뜻한 밥 한 그릇
정성으로 짓던 부엌의 수도꼭지는
급수를 멎고 녹이 슬었고

꼬리를 치며 가족들의 사랑
일순으로 받았을 멍멍이의
밥그릇은 이가 빠진 채 뒹굴고

삶의 터전에서 돌아오는 가족을
오렌지빛 따듯한 정을 쏟아내며
가장 따듯하게 맞았을 전등은

더 이상 전류가 흐르지 않고
그 단란하고 따스했던 기억을 잊고
혼이 빠져나간 빈집은 허깨비다

그래도 대문 앞을 지키던
이름 모를 한 무더기 풀꽃은
그 사람들의 가슴속에 고향처럼 피어있겠지

11월은

허수아비가 떠나고 황량해진 들판에
참새가 내려앉아 눈물을 흘린다
까불거리며 놀아 줄 친구를 잃고
텅 빈 들녘에 우쭐거리기도 머쓱해졌다

눈을 깜박거리지도 못하고
양팔을 벌리고 훠이훠이 지켜야 할 것을
기어코 지켜내려 앓아눕지도 못하던
허수아비는 내년에야 돌아오겠노라

뒤를 돌아보지도 않고 성큼성큼
저기 산 넘고 강을 건너 푸른 산 밑으로
그림자 되어 길게 드러누워서
오렌지빛으로 타오를 꿈을 또 꾸겠지

시려오는 가슴에 흙냄새 같은
훈훈한 추억의 꽃 주머니 속 향기
모진 기억은 박제되어
사각 액자 속에 가두어 풍경 되어 걸렸고

모락모락 오르는 훈기로 지펴질
우리네 삶의 전설은 내일도
사랑할수록 덜어지는 근심으로
점점 가벼워지는 날개를 쉬려 한다.

겨울나무

묵언에든 수행자 같아 좋다.
온갖 소란스러움 훌훌 떨쳐내고
삭발염의한 듯 단출한 풍경

비워서 홀가분한 자유로
모진 바람도 전신에 감아 고요히
깊은 삼매에 들었다.

소리 없이 짙어가는 어둠 같은 겨울
온갖 생명들이 생장을 쉬는 때
물고기같이 깨어 화두만 챙긴다.

우리의 삶도 침묵으로 익어가서
훨훨 저 피안의 언덕에 이를지니라.

첫눈 소회(所懷)

저토록 하얗게 흩뿌려져 쌓이는
팔십 중반 노모의 머리카락처럼
쇠진했던 바람에 힘이 실리고

널브러진 박스를 손수레에 가득
싣고서 차도를 가로지르던
남루한 옷차림의 주름 깊던 노인

풀풀 날리는 흰 머리카락 닮은
첫 눈바람에 누군가의
삶의 무게를 얹어보는 망상이라니

수십 년 된 낡은 집에 구순 노모와
칠순의 허리 굽은 아들의 잦은
해소 기침 소리가 선명해지고

괜하니~ 설렘도 아니면서
굳이 커튼을 열어보며
어찌 견뎌야 할 겨울로 간다.

정월(正月)

꽁꽁 언 땅을 처음 뚫고 솟는
샘 같은 맑은 마음으로
첫발을 힘차게 내딛고

무엇이든 희망차게 안아
구김 없이 밝은 얼굴로
너와 내가 우리가 함께여야 한다.

늘 봄처럼 따사롭게
언제나 여름처럼 뜨겁게
항상 가을처럼 여물어

심신을 평안하게 누리며
이웃과는 평화로운 노래를
삼백예순 날이 첫 마음처럼

삶의 고단함에 지치지 말고
날마다 물고기처럼 깨어서
붉은 목단꽃처럼 향기를 뿜어야 한다.

제목 : 정월(正月)
시낭송 : 최명자
스마트폰으로 QR 코드를 스캔하면
시낭송을 감상할 수 있습니다

섣달그믐날

열두 달을 품어 길렀으니
이제 만삭의 몸 풀어야지
적더라도 원만하니
무엇이든 형통하게

서산에 걸쳐 쉬는 달이
잉태하는 새 생명으로
다시 차오르는 그날까지
돌도 품고 꽃도 품고

강도 품고 하늘도 품고
우주 같은 큰 그릇으로
핫바지가 아닌 참
주인으로 펼쳐야지

휘둘려도 제 향을 지니고
온전하게 영글어 가도록
제야(除夜)의 축복받으며
터트려질 첫 새날로 가야지

정월대보름에

모난 것은 모두 둥글어지고
둥근 것은 둥실둥실 더욱 커지고
작고 크고 구분 없이 넓게

여리디여린 중생의 지혜를
더욱 굽어살피시어 두둥실
하늘 높이 띄워 올리고

구석구석 등불 되어 밝혀서
지금 이 순간 고통 속에서도
피안의 저 언덕 향해 정진하는

살아있는 모든 귀한 존재의
영과 혼이 맑고 밝아져
천수 천안 되어 어루만지시고

낮거나 높음 없이 저절로
크게 평평해지고 삼백예순날
푸르러 그곳에 이르게 하소서.

오일장 풍경

그러고 보니 정월 대보름이 낼모레네
호두와 피땅콩 부럼이 나와있고
고사리 피마자 잎 호박꼬지 나물
이름 모를 묵나물거리가 풍성하다.

유난히 많은 사람이 북적거리는
천막 아래로 가보니 갖가지 나물을
기름 냄새 통깨를 뿌려 놓고
상위에 올려 먹기만 하면 된다고

그 옆에서는 오곡을 섞어 씻어서
물만 부어 밥만 지으면 된다며
별로 후하지 않게 담아놓고
엄지만 한 강낭콩을 섞은 오곡밥 재료

또 그 옆에는 곱창 김과 감태를 굽고
물미역에 시금치 껍질 벗긴 쪽파
국화빵도 굽고 족발과 순대도 찌고
중년의 몇 남자들이 막걸리를 마시고

등 뒤에 조그만 배낭을 멘 어르신이
요것조것 골라 흐뭇한 미소를 짓고
지팡이를 짚고 두 손을 꼭 잡은 노부부는
빈 장바구니를 들고 기웃거리기만 하고

퀭한 눈으로 오가는 사람을 살피며
간혹 쨍한 하늘을 쳐다보던 어물전의
왠지 불쌍해 보이는 영광굴비라
이름 붙은 녀석은 내가 데려왔다.

그나저나 이번 보름날에는
누가 이름을 불러도 대답하지 말아야지
그리고 이른 아침에 찬물 마시지 말자
더는 소나기를 만나고 싶지 않으니까.

12월의 마음

삼백예순 날!
그 많은 낮과 밤을
어떻게 모두 건너온 것일까?

찔레꽃 같은 날이
수선화 같은 날이
무심으로 지나기도 했겠지

곶감처럼 달콤해서 한 알씩
맛나게 빼 먹기도 했고
소태같이 써서 죽을 맛도 보았고

돌아보고 또 돌아보며 울었거나
먼 하늘의 밝은 햇살에
가슴 두근거린 날도 모두 좋았지

하얗게 펼쳐질 새날이
어떤 색으로 칠해져 빛을 낼지
다시 받아들 나의 시간 앞에서

시계의 긴 바늘처럼 겸손하고
초침처럼 숭고하게
한 땀씩 수를 놓아 나를 그려가리라.

화엄의 세계

마음의 본질은?
청정 (깨끗함)
늘 청정하게 비어있으므로
슬프기도 기쁘기도 함을 일으킨다

마음의 상대는?
무상
모양 또한 없다
그러므로 만 가지 모습으로 드러난다

마음의 용대는?
자유롭다
자재롭다
어떠한 냉각이든 할 수 있다
내가 내는 대로 자유롭게 쓸 수 있다.

당신의 기차가 지나갑니다

주선옥 제3시집

2023년 12월 20일 초판 1쇄
2023년 12월 22일 발행
지 은 이 : 주선옥
펴 낸 이 : 김락호
디자인 편집 : 이은희
기 획 : 시사랑음악사랑
연 락 처 : 1899-1341
홈페이지 주소 : www.poemmusic.net
E-Mail : poemarts@hanmail.net

정가 :10,000원
ISBN : 979-11-6284-504-2